_________ 님에게 드립니다.

동사

「…을」

1. 「…을 …에, …을 …으로」 '차다1(일정한 공간에 사람, 사물, 냄새 따위가 더 들어갈 수 없이 가득하게 되다)'의 사동사.

2. '차다1(1. 정한 수량, 나이, 기간 따위가 다 되다)'의 사동사.

3. 만족하게 하다.

적

다

동사

1. 「…에 …을, …에 -음을, …에 -ㄴ지를, …에 -고」 어떤 내용을 글로 쓰다.

마음을 채우는

글귀를 따라 쓰며

고요히 나를 적는 시간.

필사의 시간입니다.

마음 채움, 나를 적다 —— 명언

| 만든 사람들 |
기획 J&jj 기획부 | **책임진행** 박솔재 | **글씨** 지수정 | **편집 디자인** studio Y | **표지 디자인** studio Y

| 책 내용 문의 |
도서 내용에 대해 궁금한 사항이 있으시면,
디지털북스 홈페이지의 게시판을 통해서 해결하실 수 있습니다.

J&jj 홈페이지 : www.jnjj.co.kr
디지털북스 홈페이지 : www.digitalbooks.co.kr
디지털북스 페이스북 : www.facebook.com/ithinkbook
디지털북스 카페 : cafe.naver.com/digitalbooks1999
디지털북스 이메일 : digital@digitalbooks.co.kr

| 각종 문의 |
영업관련 hi@digitalbooks.co.kr
기획관련 digital@digitalbooks.co.kr
전화번호 02 447-3157~8

편집부 엮음 \ 지수정 글씨

마음 채움, 나를 적다

명언

J&jj 제이앤
제이제이
www.jnjj.co.kr

PART
0 3

뜨거움을 적다

사랑의 마음을 전하는 뜨거운 명언 한 구절

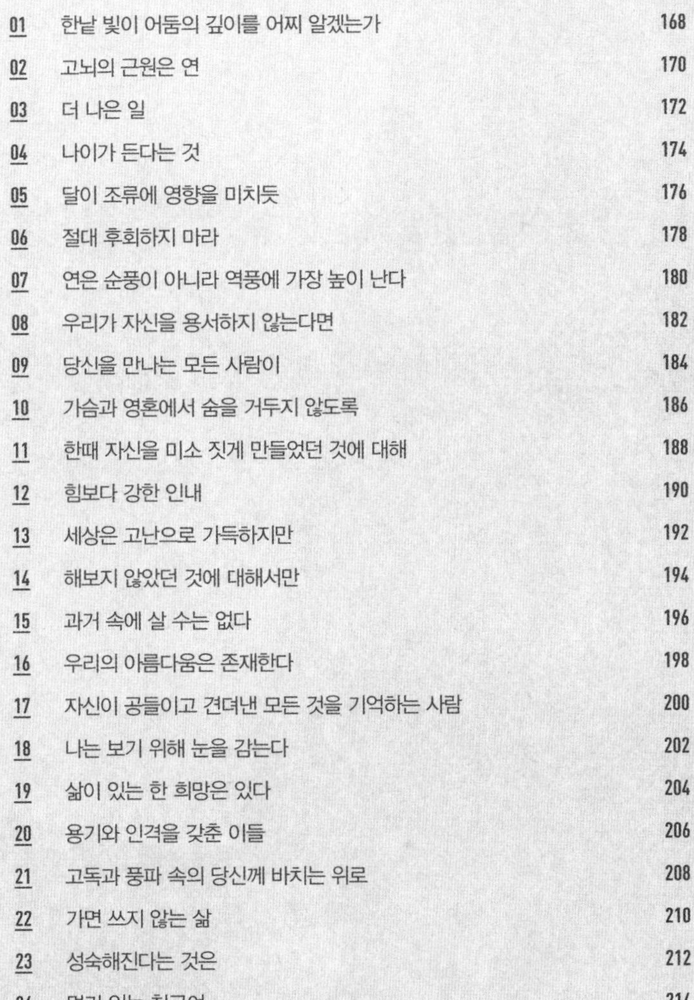

PART 04

촉촉함을 적다

조용히 마음을 적시는 위로의 명언 한 구절

반복되는 일상 속에 지쳐 있지는 않나요?
인생은 자전거를 타는 것과 같다고 합니다.
균형을 잡으려면 움직여야 하는 거죠.
하지만 한 번 자전거를 타는 법을 배우면
절대로 잊어버리지 않는다고 해요.
지금, 넘어진 자리에서 아파하며 멈춰 있는 당신,
넘어져 봤으니까 이제 더 잘 달릴 수 있을 거예요.

PART
01
단단함을
적다

PART
01

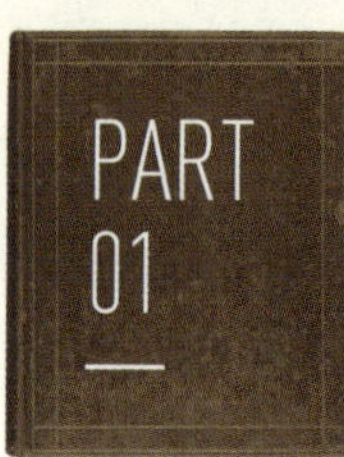

단단함을 적다

마음을 단단하게 해주는
명언 한 구절

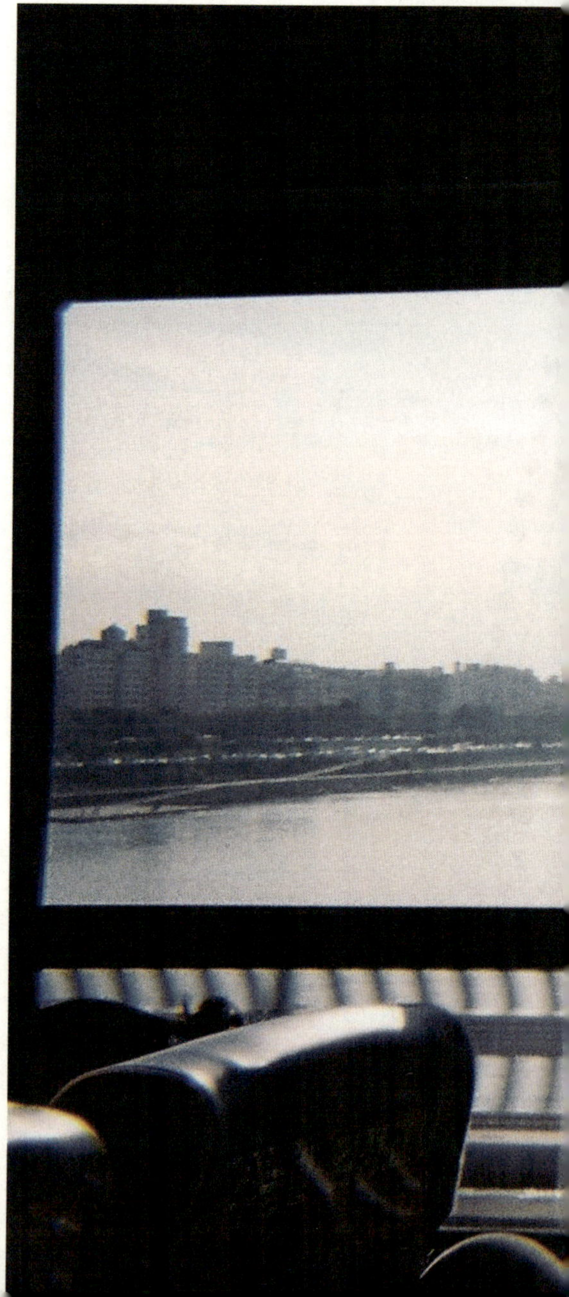

배구 선수가 있었습니다.
타고난 센스와 몸 사리지 않는 플레이 덕에 '배구 도사', '수비 귀신'이라는 찬사를 들었지만,
작은 키라는 치명적인 단점에 '국내용 선수'라는 꼬리표도 항상 붙어 있었습니다.
그는 십자인대 파열로 수술 5번, 어깨 수술 1번 등 6번이나 수술대에 올랐습니다.
그러나 '올해는 은퇴겠지.' 모든 사람이 생각할 때마다
항상 재기에 성공해 보란 듯 우승에 이바지했습니다.
MVP, 올해의 선수상, 아시안 게임 금메달, 올림픽 메달, 프로 통산 7회 우승.

자신이 원하는 것과 스스로 할 수 있는 것을 정확히 알고 독하게 참고 견딘,
그래서 주역은 아니지만 화려한 선수생활을 마친 그가 자신의 은퇴에 바친 세 마디입니다.

"잘 참았고, 잘 이해했다. 수고했다!"

사람은 높이 올라갈수록,
날 수 없는 사람들에게는
작아 보이는 법이다.

＼ 프리드리히 니체

The higher a man
gets, the smaller he
seems to those who
cannot fly.

＼ Friedrich Nietzsche

사람은
높이
올라갈수록
날수없는
사람들에게는
작아보이는 법이다

사람은 높이 올라갈수록, 날 수 없는 사람들에게는 작아 보이는 법이다 ＼ 프리드리히 니체

그대가 오랫동안 심연을
들여다 볼 때 심연 역시
그대를 들여다본다.

\ 프레드리히 니체

When you stare into
the abyss the abyss
stares back at you.

\ Friedrich Nietzsche

그대가
오랫동안
심연을 들여볼 때
심연역시
그대를 들여다본다

그대가 오랫동안 심연을 들여다 볼 때 심연 역시 그대를 들여다본다 ＼ 프리드리히 니체

지혜 없는 힘은
그 자체의 무게로
쓰러진다.

\ 호라티우스

Force without wisdom
falls of its own weight

\ Horace

지혜없는
힘은
그 자체의 무게로
쓰러진다

**인생은 겸손에 대한
오랜 수업이다.**

＼ 제임스 M. 배리

Life is a long lesson
in humility.

＼ James M. Barrie

인생은
겸손에 대한
오랜 수업이다

인생은 겸손에 대한 오랜 수업이다 \ 제임스 M. 배리 시편

다른 사람을
이기는 자는 힘이 있으나
스스로를
이기는 자는 강하다.

\ 노자

다른 사람을
이기는 자는
힘이 있으나
스스로를
이기는 자는
강하다

다른 사람을 이기는 자는 힘이 있으나 스스로를 이기는 자는 강하다 ＼ 노자

제가 연습을 하루 하지 않으면
제 자신이 그것을 알고,
이틀을 안 하면 친구가 알며,
사흘을 안 하면 청중이 압니다.

＼ 루빈스타인

If I miss one day's
practice, I notice it.
If I miss two days'
practice, the friends
notice it.
If I miss three days'
practice, the audience
notices it.

＼ Artur Rubinstein

제가 연습을
하루하지않으면
제 자신이 그것을 알고
이틀을 안하면
친구가 알며
사흘을 안하면
청중이 압니다

자기 세계를 다른 사람에게 인정받기 위해서는 피나는 연습이 있어야 합니다. 제가 연습을 하루 하지 않으면 제 자신이 그것을 알고, 이틀을 안 하면 친구가 알며, 사흘을 안 하면 청중이 압니다 ＼ 루빈스타인

가장 큰 영광은
한 번도 넘어지지
않는 것이
아니라 넘어질 때마다
다시 일어서는 데에 있다.

＼ 공자

The greatest glory in
living lies not in never
falling, but in rising
every time we fall.

＼ Confucius

가장 큰영광은
한번도
넘어지지0늫는것이
아니라
넘어질때마다
다시 일어서는데에있다

가장 큰 영광은 한 번도 넘어지지 않는 것이 아니라 넘어질 때마다 다시 일어서는 데에 있다 ＼ 공자

단단함을 적다

적이 당신을 겁주기 위해
사용하는 방법이 무엇인지
관찰하면 적이 가장
두려워하는 것이
무엇인지를 발견할 수 있다.

\ 에릭 호퍼

You can discover what
your enemy fears
most by observing
the means he uses to
frighten you.

\ Eric Hoffer

적이
당신을 겁주기위해
사용하는 방법이
무엇인지 관찰하면
적이 가장
두려워하는것이
무엇인지를
발견할수있다

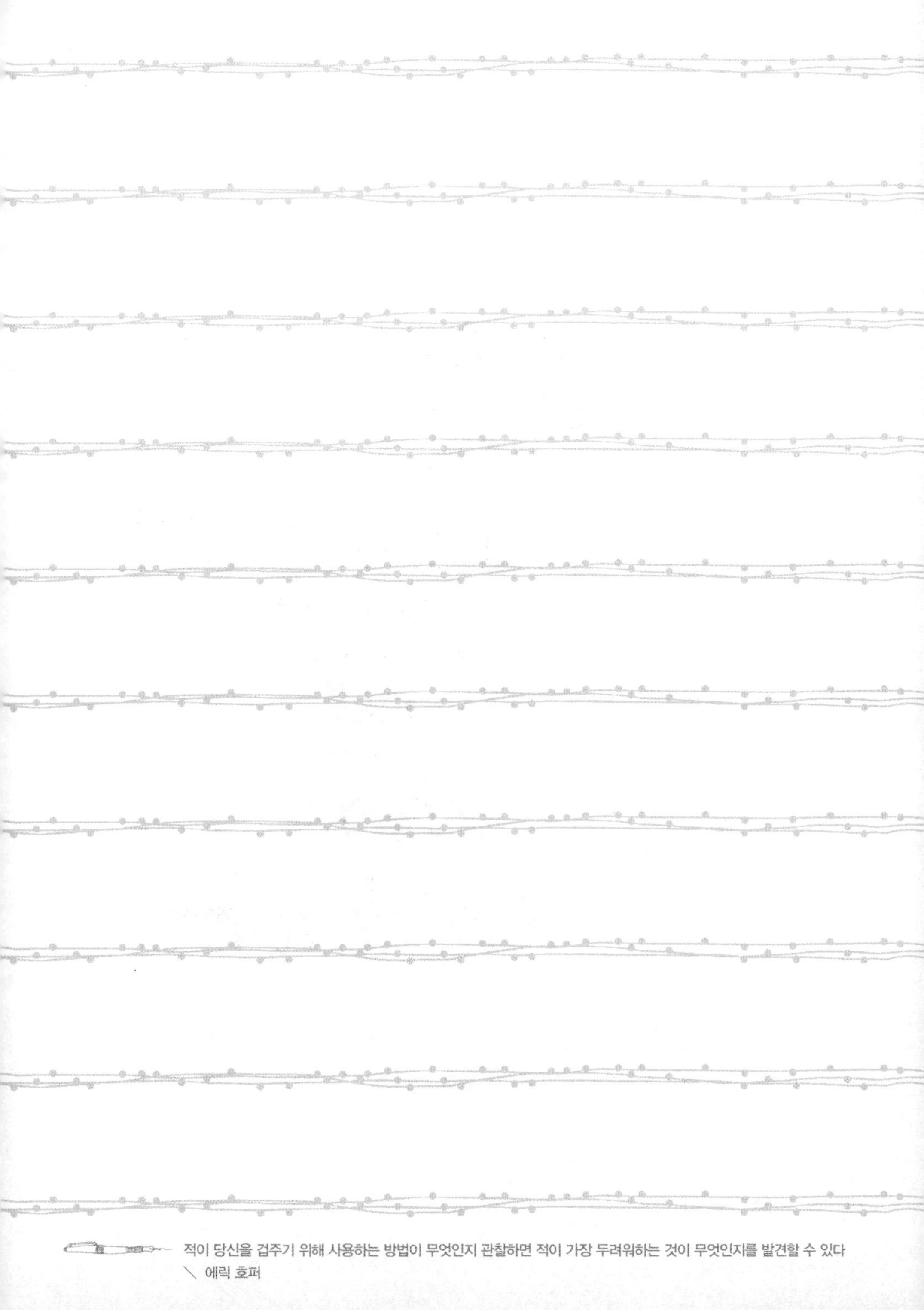

적이 당신을 겁주기 위해 사용하는 방법이 무엇인지 관찰하면 적이 가장 두려워하는 것이 무엇인지를 발견할 수 있다

에릭 호퍼

나를 파괴하지 못한
모든 것은
나를 강하게
만들 뿐이다.

＼ 프리드리히 니체

Whatever does not
destroy me makes
me stronger.

＼ Friedrich Nietzsche

나를
파괴하지 못한
모든 것은
나를
강하게
만들뿐이다

나를 파괴하지 못한 모든 것은 나를 강하게 만들 뿐이다 \ 프리드리히 니체

부드러운 자 만이
언제나 진실로 강하다.

\ 제임스 딘

Only the gentle are
ever really strong.

\ James Dean

부드러운
자만이
언제나
진실로강하다

부드러운 자 만이 언제나 진실로 강하다 ＼ 제임스 딘

용기는
당신이 죽을 만큼
두렵다는 것을
당신만이 아는 것이다.

\ 해럴드 윌슨

Courage is the art of
being the only one
who knows you're
scared to death.

\ Harold Wilson

용기는
당신이 죽을만큼
두렵다는 것을
당신만이
아는 것이다

용기는 당신이 죽을 만큼 두렵다는 것을 당신만이 아는 것이다 \ 해럴드 윌슨

우연이 아닌 선택이
운명을 결정한다.

＼ 진 니데치

It's choice - not
chance - that
determines your
destiny.

＼ Jean Nidetch

우연이 아닌 선택이 운명을 결정한다 \ 진 니데치

아무런 위험을
감수하지 않는다면
더 큰 위험을
감수하게 될 것이다.

\ 에리카 종

If you don't risk
anything you risk
even more.

\ Erica Jong

아무런
위험을
감수하지 않는다면
더 큰 위험을
감수하게 될것이다

아무런 위험을 감수하지 않는다면 더 큰 위험을 감수하게 될 것이다 ＼ 에리카 종

우리는
우리가 아는 것만
볼 수 있다.

\ 요한 볼프강 폰 괴테

We only see what
we know.

\ Johann Wolfgang von Goethe

우리는 우리가 아는것만 볼수있다

우리는 우리가 아는 것만 볼 수 있다 \ 요한 볼프강 폰 괴테

복수를 할 때
인간은 적과 같은
수준이 된다.
그러나 용서할 때
그는 원수보다
더 나은 사람이 된다.

＼ 프랜시스 베이컨

In taking revenge, a
man is but even with
his enemy; but in
passing it over, he is
superior.

＼ Sir Francis Bacon

복수를 할때
인간은 적과
같은 수준이 된다
그러나 용서할때
그는 원수보다
더 나은
사람이 된다

복수를 할 때 인간은 적과 같은 수준이 된다. 그러나 용서할 때 그는 원수보다 더 나은 사람이 된다 ＼ 프랜시스 베이컨

내 스스로 확신한다면
나는 남의 확신을
구하지 않는다.

\ 에드가 앨런 포

Convinced myself,
I seek not to convince.

\ Edgar Allan Poe

내
스스로
확신한다면
나는
남의 확신을
구하지
않는다

내 스스로 확신한다면 나는 남의 확신을 구하지 않는다 ＼ 에드가 앨런 포

경험은 배울 줄
아는 사람만 가르친다.

＼ 올더스 헉슬리

Experience teaches
only the teachable.

＼ Aldous Huxley

경험은
배울줄 아는
사람만
가르친다

경험은 배울 줄 아는 사람만 가르친다 ＼ 올더스 헉슬리

영리한 사람은 거의
모든 것을 우습게 보지만,
분별 있는 사람은
아무것도 우습게
보지 않는다.

\ 요한 볼프강 폰 괴테

The intelligent man
finds almost everything
ridiculous, the sensible
man hardly anything.

\ Johann Wolfgang von Goethe

영리한 사람은 거의 모든 것을 우습게 보지만, 분별 있는 사람은 아무것도 우습게 보지 않는다 \ 요한 볼프강 폰 괴테

물살을 거슬러
헤엄치는 사람은
그 힘을 안다.

\ 우드로 윌슨

The man who is
swimming against
the stream knows the
strength of it.

\ Woodrow Wilson

물살을
거슬러
헤엄치는 사람은
그 힘을 안다

물살을 거슬러 헤엄치는 사람은 그 힘을 안다 \ 우드로 윌슨

크게 실패할
용기 있는 자만이
크게 이룰 수 있다.

＼ 존 F. 케네디

Only those who dare
to fail greatly can ever
achieve greatly.

＼ John F. Kennedy

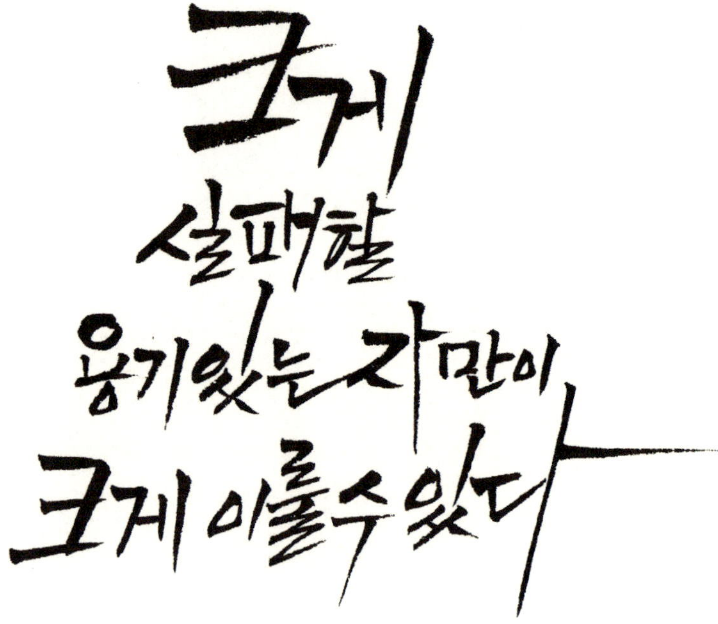

크게 실패할 용기 있는 자만이 크게 이룰 수 있다 ＼ 존 F. 케네디

**실패하면
실망할 지도 모른다.
그러나
시도도 안하면
불행해진다.**

＼ 비벌리 실스

You may be
disappointed if you fail,
but you are doomed if
you don't try.

＼ Beverly Sills

실패하면
실망할지도 모른다
그러나
시도도 안하면
불행해진다

낭비한 시간에 대한
후회는 더 큰 시간
낭비이다.

\ 메이슨 쿨리

Regret for wasted time
is more wasted time.

\ Mason Cooley

낭비한
시간에 대한
후회는 더 큰
시간낭비이다

낭비한 시간에 대한 후회는 더 큰 시간 낭비이다 ＼ 메이슨 쿨리

다정함에는 굳은 마음을 풀리게 하고,
상처를 치유하고 다시 일어서게 만드는 힘이 있습니다.
혹시 지금 사랑하는 사람에게 무엇을 해줄 수 있을까 고민하고 있나요?
지친 이에게 어떤 위로를 건네야 할지 몰라 망설이고 있나요?
매일 똑같은 일상 속에 따뜻한 마음이 필요한가요?
사랑하는 얼굴을 마주하고 이렇게 말해보세요.
'지금 이대로도 괜찮아'

PART

02

다정함을
적다

다정함을 적다

다정하게 마음을 어루만지는
명언 한 구절

브라질의 형제 많은 가난한 집의,
가장 장난꾸러기 천덕꾸러기 제제.
가족 사이에서도 별종 취급받던 이 똑똑한 이 아이를
이해해준 유일한 사람은 아이가 한때 세상에서
가장 싫어했던 뽀르뚜까였습니다.
사실 뽀르뚜까는 가족을 포르투갈에
남겨두고 온 외로운 사람입니다.
둘 관계에서 살아갈 힘을 얻은 것은
제제가 아니라 뽀르뚜까였을지도 모릅니다.

나이가 든 중년의 제제는
'나의 사랑하는 뽀르뚜까, 저에게 사랑을 가르쳐
주신 분은 바로 당신이었습니다. 지금은 제가
그림딱지와 구슬을 나누어 주고 있습니다.
사랑 없는 삶이 얼마나 무의미한지
잘 알기 때문입니다.'라고
하늘의 뽀르뚜까에게 인사를 전합니다.
만나고 이해하고 살아갈 힘을 얻는 것.
그 힘을 다른 사람에게 나누어 주는 것.
이것이 바로 다정함이 가진 힘 아닐까요?

몽상가는
달빛 속에서만 자신의 길을
찾을 수 있는 사람이고
그의 형벌은
그가 이 세상 누구보다
새벽을 먼저 보는 것이다.

\ 오스카 와일드

A dreamer is one who
can only find his way
by moonlight, and his
punishment is that he
sees the dawn before
the rest of the world.

\ Oscar Wilde

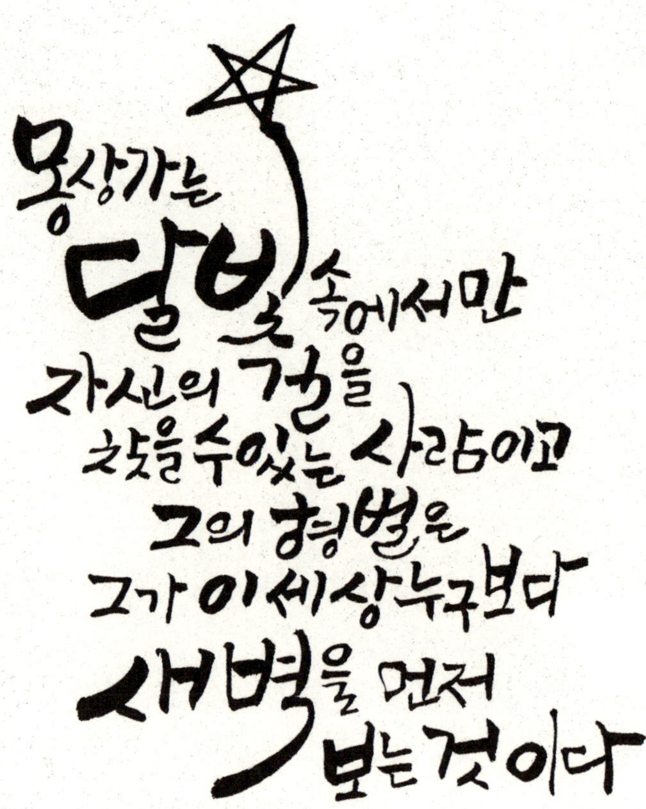

몽상가는 달빛 속에서만 자신의 길을 찾을 수 있는 사람이고 그의 형벌은 그가 이 세상 누구보다 새벽을 먼저 보는 것이다
＼ 오스카 와일드

겨울의 깊이에서
마침내 나는
아무도 꺾을 수 없는
여름이 내 안에 있다는 것을
배우게 되었다.

＼ 알베르 까뮈

In the depth of winter
I finally learned that
there was in me an
invincible summer.

＼ Albert Camus

겨울의 깊이에서
마침내 나는
아무도 꺾을 수 없는
여름이 내 안에
있다는 것을
배우게 되었다

겨울의 깊이에서 마침내 나는 아무도 꺾을 수 없는 여름이 내 안에 있다는 것을 배우게 되었다 \ 알베르 까뮈

희망은
볼 수 없는 것을 보고,
만져질 수 없는 것을
느끼고,
불가능한 것을 이룬다.

＼ 헬렌 켈러

Hope sees the
invisible, feels
the intangible,
and achieves the
impossible.

＼ Helen Keller

희망은
볼 수 없는 것을 보고,
만질 수 없는 것을 느끼고,
불가능한 것을 이룬다

희망은 볼 수 없는 것을 보고, 만져질 수 없는 것을 느끼고, 불가능한 것을 이룬다 \ 헬렌 켈러

사랑은 증오의
소음을 덮어버리는
쿵쾅대는 큰 북소리다.

＼ 마가릿 조

Love is the big
booming beat which
covers up the noise of
hate.

＼ Margaret Cho

사랑은
증오의소음을
덮어버리는
쿵쾅대는
큰북소리다

사랑은 증오의 소음을 덮어버리는 쿵쾅대는 큰 북소리다 ＼ 마가릿 조

인생은 자전거를
타는 것과 같다.
균형을 잡으려면
움직여야 한다.

＼ 알버트 아인슈타인

Life is like riding a
bicycle. To keep your
balance you must
keep moving.

＼ Albert Einstein

인생은
자전거를
타는것과 같다
균형을 잡으려면
움직여야 한다

인생은 자전거를 타는 것과 같다. 균형을 잡으려면 움직여야 한다 ＼ 알버트 아인슈타인

당신이 일에 쏟아붓는
시간이 중요한 게 아니다.
중요한 것은
당신이 시간을 쏟아붓는
일 그 자체다.

＼ 샘 유잉

It's not the hours you
put in your work that
counts, it's the work
you put in the hours.

＼ Sam Ewing

당신이 일에
쏟아붓는 시간이
중요한게 아니다
중요한것은
당신이 시간을
쏟아붓는 일
그 자체다

당신이 일에 쏟아붓는 시간이 중요한 게 아니다. 중요한 것은 당신이 시간을 쏟아붓는 일 그 자체다 \ 샘 유잉

낱말 하나가 삶의
모든 무게와 고통에서
우리를 해방시킨다.
그 말은 사랑이다.

\ 소포클레스

One word frees us of
all the weight and pain
of life: That word is
love.

\ Sophocles

낱말하나가
삶의 모든
무게와 고통에서
우리를
해방시킨다
그 말은 사랑이다

낱말 하나가 삶의 모든 무게와 고통에서 우리를 해방시킨다. 그 말은 사랑이다 ＼ 소포클레스

당신은 움츠리기보다
활짝 피어나도록
만들어진 존재입니다.

＼ 오프라 윈프리

You are built not to
shrink down to less
but to blossom into
more.

＼ Oprah Winfrey

당신은
움츠리기보다
활짝
피어나도록
만들어진
존재입니다

당신은 움츠리기보다 활짝 피어나도록 만들어진 존재입니다 \ 오프라 윈프리

중요한 것은 사랑을
받는 것이 아니라
사랑을 하는 것이었다.

＼ 서머셋 모옴

The important thing
was to love rather
than to be loved.

＼ W. Somerset Maugham

중요한것은
사랑을
받는것이아니라
사랑을
하는것이었다

당신이 진정으로
믿는 일은
반드시 이루어진다.
그 믿음이
그것을 실현시킨다.

\ 프랭크 로이드 라이트

The thing always
happens that you
really believe in; and
the belief in a thing
makes it happen.

\ Frank Lloyd Wright

당신이
진정으로
믿는일은
반드시
이루어진다
그믿음이
그것을
실현시킨다

당신이 진정으로 믿는 일은 반드시 이루어진다. 그 믿음이 그것을 실현시킨다 \ 프랭크 로이드 라이트

그 어떤 것에서라도
내적인 도움과 위안을
찾을 수 있다면
그것을 잡아라.

\ 마하트마 간디

As long as you derive
inner help and comfort
from anything, keep it.

\ Mahatma Gandhi

그 어떤것
에서라도
내적인 도움과
위안을
찾을수있다면
그것을 잡아라

그 어떤 것에서라도 내적인 도움과 위안을 찾을 수 있다면 그것을 잡아라 \ 마하트마 간디

사람을 존경하라,
그러면
그는 더 많은 일을
해 낼 것이다.

\ 제임스 오웰

Respect a man, he will
do the more.

\ James Howell

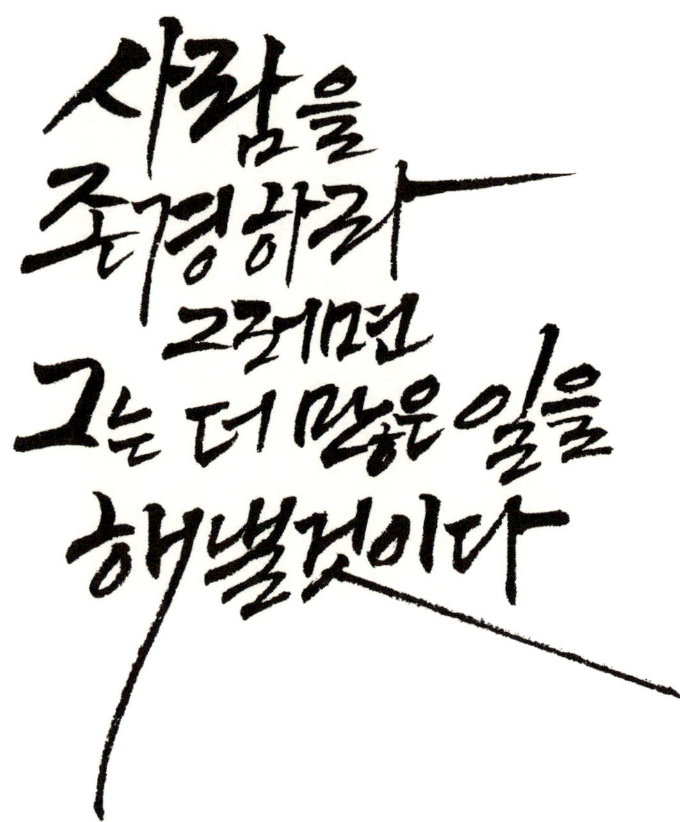

사람을 존경하라, 그러면 그는 더 많은 일을 해 낼 것이다 \ 제임스 오웰

희망은 날개 달린 것,
영혼에 내려 앉아
가사 없는 노래 부르네.
그치지 않는 그 노래.

＼ 에밀리 디킨슨

Hope is the thing with
feathers that perches
in the soul. and sings
the tune without the
words, and never
stops at all.

＼ Emily Dickinson

희망은 날개 달린 것, 영혼에 내려 앉아 가사 없는 노래 부르네. 그치지 않는 그 노래 ＼ 에밀리 디킨슨

인생의 비극은
우리가 너무 일찍 늙고
너무 늦게
현명해 진다는 것이다.

＼ 벤자민 프랭클린

Life's tragedy is that
we get old too soon
and wise too late.

＼ Benjamin Franklin

인생의
비극은
우리가 너무 일찍 늙고
너무 늦게
현명해 진다는 것이다

인생의 비극은 우리가 너무 일찍 늙고 너무 늦게 현명해 진다는 것이다 ＼ 벤자민 프랭클린

15

다정함을 적다

우리가 누군가를
증오하는 것은
그들을 모르기 때문이다.
그리고 증오하기 때문에
우리는 그들을
알지 못할 것이다.

＼ 찰스 칼렙 콜튼

We hate some
persons because we
do not know them;
and we will not know
them because we
hate them.

＼ Charles Caleb Colton

우리가
누군가를
증오하는것은
그들을 모르기 때문이다
그리고 증오하기때문에
우리는 그들을
알지못할것이다

우리가 누군가를 증오하는 것은 그들을 모르기 때문이다. 그리고 증오하기 때문에 우리는 그들을 알지 못할 것이다

\ 찰스 칼렙 콜튼

**지나간 슬픔에
새로운 눈물을
낭비하지 말라.**

\ 에우리피데스

Waste no fresh tears
over old griefs.

\ Euripides

지나가는
슬픔에
새로운 늘물을
낭비하지 말라

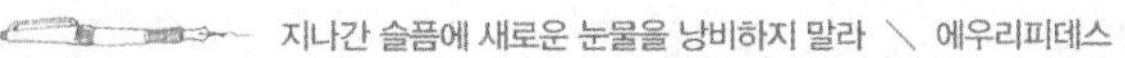
지나간 슬픔에 새로운 눈물을 낭비하지 말라 \ 에우리피데스

현재를 사는 법을
배우는 것은
기쁨의 행로의 일부다.

\ 사라 밴 브레스낙

Learning to live in the
present moment is
part of the path of joy.

\ Sarah Ban Breathnach

현재를 사는 법을 배우는 것은 기쁨의 행로의 일부다 ＼ 사라 밴 브레스낙

무언가를 해라.
잘 되지 않으면
다른 무언가를 해라.
말도 안 되는
생각이란 없다.

＼ 짐 하이타워

Do something. If it
doesn't work, do
something else. No
idea is too crazy.

＼ Jim Hightower

무언가를 해라
잘되지않으면
다른 무언가를 해서
말도 안되는
생각이란 없다

무언가를 해라. 잘 되지 않으면 다른 무언가를 해라. 말도 안 되는 생각이란 없다 ＼ 짐 하이타워

사람들이 대개 기회를
놓치는 이유는
기회가 작업복 차림의
일꾼 같아 일로 보이기
때문이다.

＼ 토마스 A. 에디슨

Opportunity is missed
by most people
because it is dressed
in overalls and looks
like work.

＼ Thomas A. Edison

사람들이 대개 기회를 놓치는 이유는 작업복 차림의 일꾼 같아 일로 보이기 때문이다

인간은 자신이
필요로 하는 것을 찾아
세계를 여행하고
집에 돌아와
그것을 발견한다.

＼ 조지 무어

A man travels the
world over in search
of what he needs and
returns home to find it.

＼ George Moore

인간은 자신이 필요로 하는것을 찾아 세계를 여행하고 집에 돌아와 그것을 발견한다

인간은 자신이 필요로 하는 것을 찾아 세계를 여행하고 집에 돌아와 그것을 발견한다 ＼ 조지 무어

우리가 어떻게 사느냐가
우리가 어떤 사람이
되는지를 결정합니다.

＼ 오프라 윈프리

What we dwell on is
who we become.

＼ Oprah Winfrey

우리가
어떻게
사느냐가
우리가
어떤사람이
되는지를
결정합니다

우리가 어떻게 사느냐가 우리가 어떤 사람이 되는지를 결정합니다 ＼ 오프라 윈프리

행복의 한 쪽 문이 닫힐 때,
다른 한 쪽 문은 열린다.
그러나 우리는 종종
닫혀져있는 문을
오랫동안 쳐다보느라
우리를 위해서 열려있는
문을 보지 못한다.

＼ 헬렌 켈러

When one door of
happiness closes,
another opens; but
often we look so long
at the closed door
that we do not see the
one which has been
opened for us.

＼ Helen Keller

행복의
한쪽문이 닫힐때
다른한쪽문은 열린다
그러나 우리는 종종
닫혀져있는 문을
오랫동안 쳐다보느라
우리를 위해서
열려있는 문을
보지못한다

행복의 한 쪽 문이 닫힐 때, 다른 한 쪽 문은 열린다. 그러나 우리는 종종 닫혀져있는 문을 오랫동안 쳐다
보느라 우리를 위해서 열려있는 문을 보지 못한다 \ 헬렌 켈러

우정이 바탕이 되지 않는
모든 사랑은
모래 위에 지은 집과 같다.

\ 엘라 휠러 윌콕스

All love that has not
friendship for its base,
is like a mansion built
upon sand.

\ Ella Wheeler Wilcox

우정이
바탕이 되지않는
모든 사랑은
모래위에
지은 집과같다

우정이 바탕이 되지 않는 모든 사랑은 모래 위에 지은 집과 같다 \ 엘라 휠러 윌콕스

봄이 오기 전이 가장 춥고,
해뜨기 전이 가장 어둡다고 합니다.
그러니 시간이 갈수록 차갑게 굳어버린 마음 때문에
슬퍼하고 있다면, 당신은 이미 뜨거운 사람입니다.
지난 일에 마음 쓰며 후회하지 마세요.
모두 뜨거운 시간이었습니다.
지금까지 잘 견뎌주어서 고마워요.

PART
03
뜨거움을
적다

PART
03

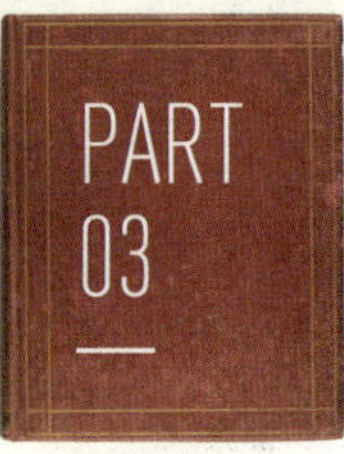

뜨거움을 적다

사랑의 마음을 전하는
뜨거운 명언 한 구절

연극 '프라이드'에서 주인공은
아흔다섯 살의 '레이디 가가' 옷차림을 한
노인을 보고 '내가 아흔다섯 살에 저런 모습이면
파티를 해달라'고 부탁합니다.
이에 주인공의 연인은 '네가 아흔다섯 살에
저런 모습이면 파티가 아니라
정신병원에 가야 한다'고 응답하죠.
이에 살짝 마음이 상한 주인공이 '혼자?'라고
물으면 '같이'라고 미소로 답해줍니다.

무엇이든, 그것이 아무리 미친 짓이라도 함께 할 수 있는 마음.
기꺼이 손잡고 마지막까지 같이 하는 마음.
그것이 우리를 살아 있게 하는 뜨거움입니다.

사랑만이 구원할 수 있다.
사랑만이 굽은 것을 펴고,
회복하고, 조정하고,
일으켜 세울 수 있다.

＼ 프리드리히 니체

사랑만이
구원할수있다
사랑만이
굽은것을 펴고
회복하고 조정하고
일으켜 세울수 있다

사랑하면 알게 되고,
알면 보이나니,
그때 보이는 것은
전과 같지 않으리라.

\ 조선후기 문장가였던
유한준(1732~1811)

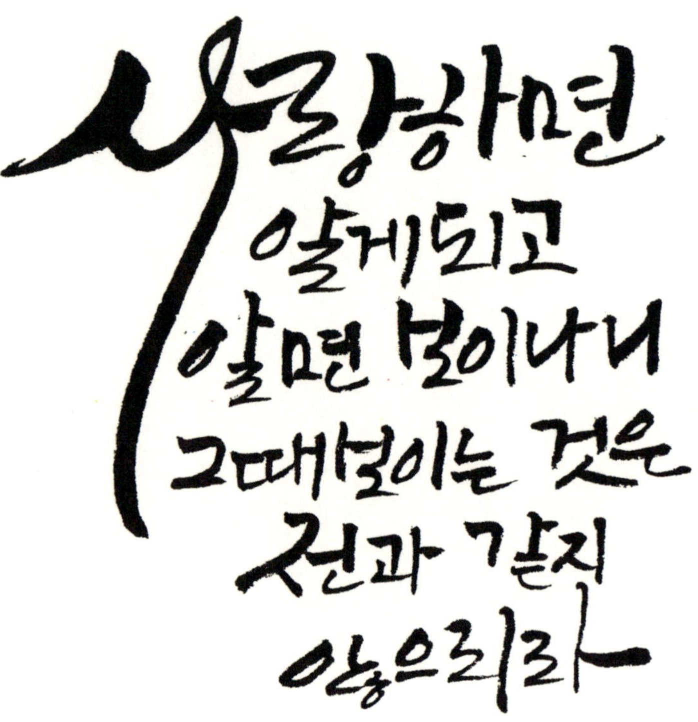

사랑하면 알게 되고, 알면 보이나니, 그때 보이는 것은 전과 같지 않으리라 \ 조선후기 문장가였던 유한준(1732~1811)

사랑 받고 싶다면
사랑하라, 그리고
사랑스럽게 행동하라.

\ 벤자민 프랭클린

If you would be loved,
love and be lovable.

\ Benjamin Franklin

사랑 받고 싶다면 사랑하라, 그리고 사랑스럽게 행동하라 \ 벤자민 프랭클린

강력한 이유는
강력한 행동을 낳는다.

\ 윌리엄 셰익스피어

**Strong reasons make
strong actions.**

\ William Shakespeare

강력한
이유는
강력한 행동을
낳는다

강력한 이유는 강력한 행동을 낳는다 \ 윌리엄 셰익스피어

영원히 살 것처럼 꿈꾸고
오늘 죽을 것처럼 살아라.

＼ 제임스 딘

Dream as if you'll live
forever. Live as if you'll
die today.

＼ James Dean

사랑은 우리가 기꺼이
피우는 폭발하는 시가이다.

＼ 린다 배리

Love is an exploding
cigar we willingly
smoke.

＼ Lynda Barry

사랑은
우리가
기꺼이 피우는
폭발하는
시가이다

춤추는 별을 잉태하려면
반드시 내면에
혼돈을 지녀야 한다.

＼ 프리드리히 니체

You need chaos in
your soul to give birth
to a dancing star.

＼ Friedrich Nietzsche

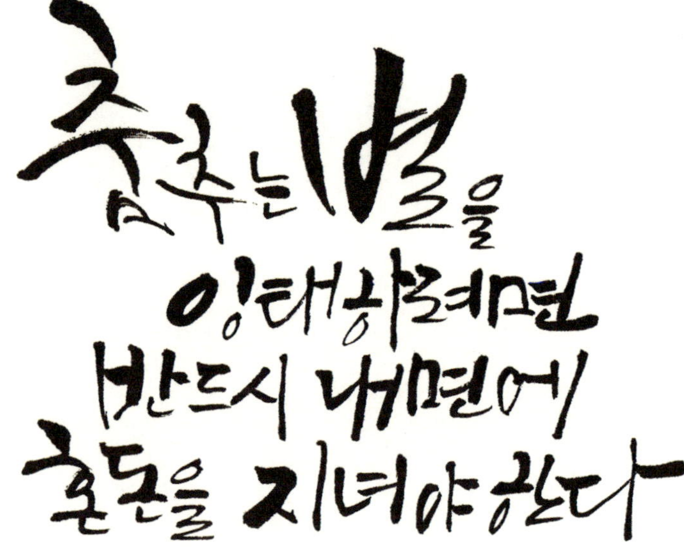

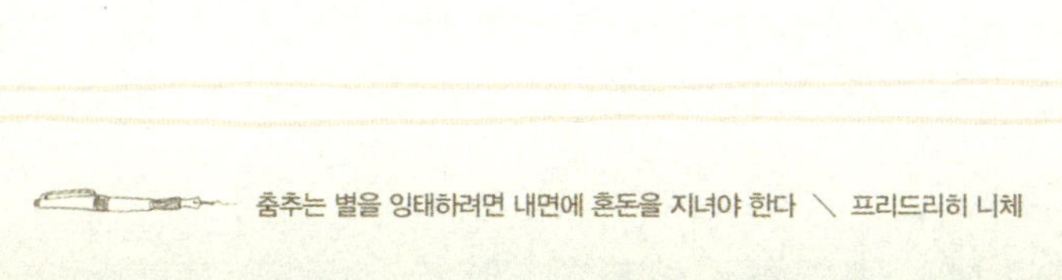
춤추는 별을 잉태하려면 내면에 혼돈을 지녀야 한다 ＼ 프리드리히 니체

진정한 사랑은
영원히 자신을
성장시키는 경험이다.

＼ M. 스캇 펙

Real love is a
permanently self-
enlarging experience.

＼ M. Scott Peck

진정한 사랑을
영원히 자신을
성장시키는
경험이다

진정한 사랑은 영원히 자신을 성장시키는 경험이다 \ M. 스캇 펙

우리 모두
리얼리스트가 되자.
그러나 가슴 속에는
불가능한 꿈을 가지자.

\ 체 게바라

Be the realist, but
dream unrealistic
dream in your heart.

\ Che Guevara

우리 모두 리얼리스트가 되자. 그러나 가슴 속에는 불가능한 꿈을 가지자 ＼ 체 게바라

이 세상에
열정 없이 이루어진
위대한 것은 없다.
\ 게오르크 빌헬름

Nothing great in
the world has been
accomplished without
passion.
\ Georg Wilhelm

이 세상에
열정없이
이루어진
위대한 것은
없다

이 세상에 열정 없이 이루어진 위대한 것은 없다 \ 게오르크 빌헬름

당신이 젊은 시절
꿈꾸었던 것에 충실하라.

＼ 프리드리히 실러

Keep true to the
dreams of thy youth.

＼ Friedrich von Schiller

당신이
젊은 시절
꿈꾸었던 것에
충실하라

당신이 젊은 시절 꿈꾸었던 것에 충실하라 \ 프리드리히 실러

젊은 날의 의무는
부패에 맞서는 것이다.

＼ 커트 코베인

The duty of youth is to
challenge corruption.

＼ Kurt Cobain

젊은 날의
의무는 부패에
맞서는 것이다

젊은 날의 의무는 부패에 맞서는 것이다 ＼ 커트 코베인

**열망이 능력을
가져온다.**

＼ 레이먼드 홀리웰

Desire creates
the power.

＼ Raymond Holliwell

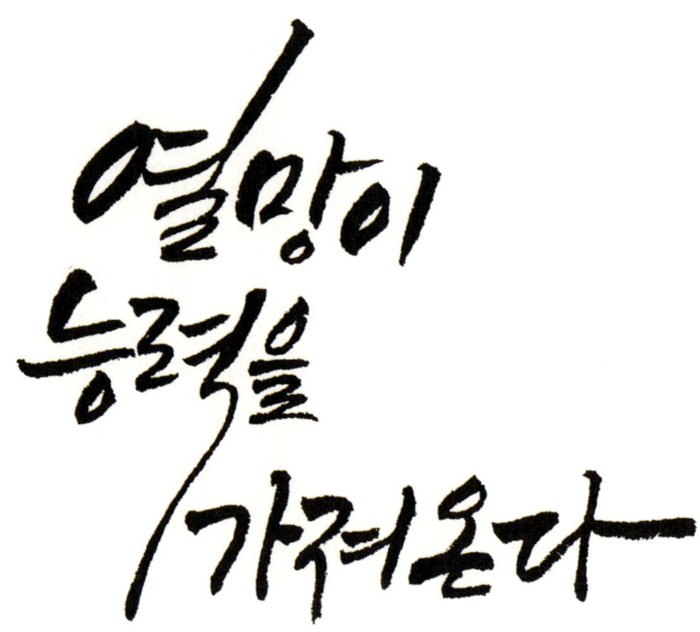

열망이 능력을 가져온다 \ 레이먼드 홀리웰

14

뜨거움을 적다

무언가를 열렬히 원한다면
그것을 얻기 위해 전부를
걸 만큼의 배짱을 가져라.

\ 브렌단 프랜시스

If you greatly desire
something, have the
guts to stake everything
on obtaining it.

\ Brendan Francis

무언가를
열렬히 원한다면
그것을 얻기위해
전부를 걸만큼의
배짱을 가져라

무언가를 열렬히 원한다면 그것을 얻기 위해 전부를 걸 만큼의 배짱을 가져라 \ 브렌단 프랜시스

우리는 오로지
사랑을 함으로써
사랑을 배울 수 있다.

\ 아이리스 머독

We can only learn to
love by loving.

\ Iris Murdoch

우리는 오로지
사랑을
함으로써
사랑을
배울수있다

우리는 오로지 사랑을 함으로써 사랑을 배울 수 있다 \ 아이리스 머독

때로는
살아있는 것조차도
용기가 될 때가 있다.

＼ 세네카

**Sometimes even
to live is an act of
courage.**

＼ Seneca

때로는 살아있는 것조차도 용기가 될때가 있다

때로는 살아있는 것조차도 용기가 될 때가 있다 \ 세네카

여원 자유는
살찐 노예보다 낫다.

＼ 존 레이

Lean liberty is better
than fat slavery.

＼ John Ray

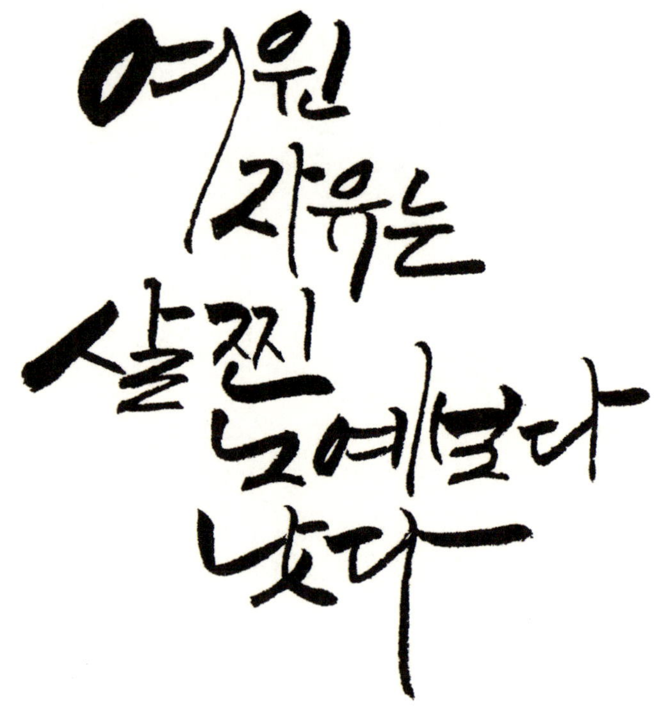

여윈 자유는 살찐 노예보다 낫다 ＼ 존 레이

진실을 사랑하고
실수를 용서하라.

\ 볼테르

Love truth,
and pardon error.

\ Voltaire

진실을
사랑하고
실수를 용서하라

진실을 사랑하고 실수를 용서하라 \ 볼테르

사랑은 눈 먼 것이 아니다.
더 적게 보는 게 아니라
더 많이 본다.
다만 더 많이 보이기 때문에,
더 적게 보려고 하는 것이다.

＼ 랍비 줄리어스 고든

Love is not blind - it
sees more, not less.
But because it sees
more, it is willing to
see less.

＼ Rabbi Julius Gordon

사랑은
눈먼것이 아니다
더 적게 보는게
아니라 더 많이 본다
다만 더 많이
보이기 때문에
더 적게
보려고 하는것이다

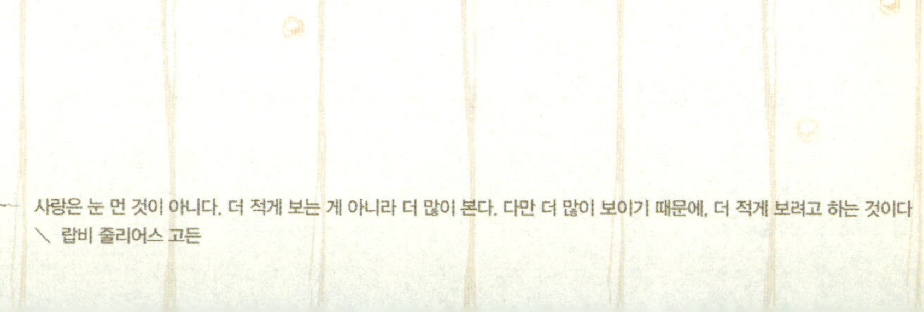
사랑은 눈 먼 것이 아니다. 더 적게 보는 게 아니라 더 많이 본다. 다만 더 많이 보이기 때문에, 더 적게 보려고 하는 것이다
\ 랍비 줄리어스 고든

더 많이
사랑하는 것 외에
다른 사랑의
치료약은 없다.

＼ 헨리 데이비드 소로

There is no remedy for
love but to love more.

＼ Henry David Thoreau

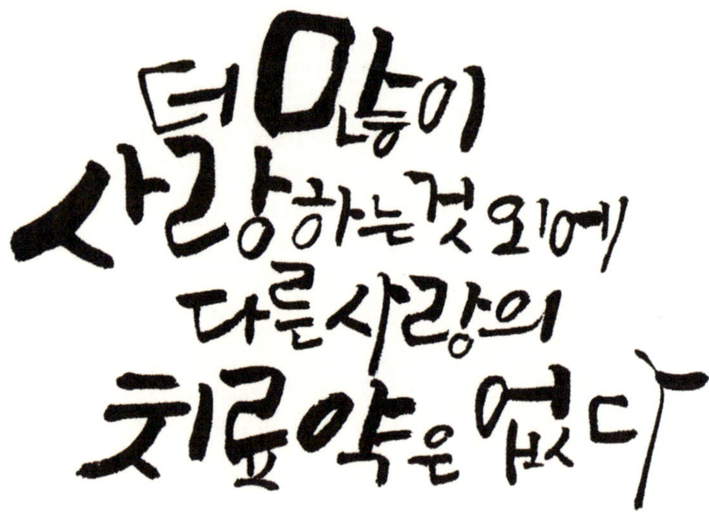

더 많이 사랑하는 것 외에 다른 사랑의 치료약은 없다 \ 헨리 데이비드 소로

우주를 단 하나의 존재로
축소하고 그 존재를
신에 이르기까지
확장하는 것
– 그것이 사랑이다.

＼ 빅토르 위고

The reduction of
the universe to
the compass of a
single being, and the
extension of a single
being until it reaches
God – that is love.

＼ Victor Hugo

우주를
단 하나의
존재로 축소하고
그 존재를
신에 이르기까지
확장하는 것
그것이 사랑이다

우주를 단 하나의 존재로 축소하고 그 존재를 신에 이르기까지 확장하는 것 – 그것이 사랑이다 ＼ 빅토르 위고

저는 미래가 어떻게
전개될지는 모르지만,
누가 그 미래를
결정하는지는 압니다.

\ 오프라 윈프리

I do not know what
the future holds,
but I know who holds
the future.

\ Oprah Winfrey

저는
미래가
어떻게
전개될지는
모르지만
누가 그 미래를
결정하는지는
압니다

세상에서 보기를
바라는 변화,
스스로 그 변화가
되어야 한다.

＼ 마하트마 간디

You must be the
change you want to
see in the world.

＼ Mahatma Gandhi

세상에서 보기를 바라는 변화 스스로 그 변화가 되어야 한다

세상에서 보기를 바라는 변화, 스스로 그 변화가 되어야 한다 ＼ 마하트마 간디

남에게 친절하고 도움 주기를
흐르는 물처럼 하라.
연민과 사랑을 태양처럼 하라.
남의 허물을 덮는 것을
밤처럼 하라.
분노와 원망을 죽음처럼 하라.
자신을 낮추고 겸허하기를
땅처럼 하라.
너그러움과 용서를
바다처럼 하라.
있는 대로 보고
보는 대로 행하라.

\ 메블라나 잘랄레딘 루미

남에게
친절하고 도움주기를
흐르는 물처럼 하라
연민과 사랑을
태양처럼 하라
남의 허물을 덮는것을 밤처럼 하라
분노와 원망을 죽음처럼 하라
자신을 낮추고
겸허하기를 땅처럼 하라
너그러움과 용서를 바다처럼 하라
있는대로 보고
보는대로 행하라

남에게 친절하고 도움 주기를 흐르는 물처럼 하라. 연민과 사랑을 태양처럼 하라. 남의 허물을 덮는 것을 밤처럼 하라. 분노와 원망을 죽음처럼 하라. 자신을 낮추고 겸허하기를 땅처럼 하라. 너그러움과 용서를 바다처럼 하라. 있는 대로 보고 보는 대로 행하라 ＼ 메블라나 잘랄레딘 루미

PART
04
촉촉함을
적다

물에 빠져 자맥질하는 사람을 가까이서 보면
숨 쉴 수 없는 고통에 발버둥 치는 것처럼 보이지만
눈을 들어 멀리서 다시 한 번 바라보면
그의 몸이 오르락내리락하며 조금씩
수면 위로 상승하고 있다는 것을 알 수 있습니다.
지금 어두운 시간 속을 홀로 지나고 있는 당신,
아무것도 하지 못하고 있는 것이 아닙니다.
우리는 모두 조금씩 수면 위로 올라가고 있어요.

촉촉함을
적다

조용히 마음을 적시는
위로의 명언 한 구절

사랑에 빠진 연인 보영과 아휘는 다시 시작하기 위해
홍콩을 떠나 지구 반대편까지 날아갑니다.
그러나 함께 이과수 폭포를 보러 가는 길에
크게 다투고 또다시 헤어지고 맙니다.
그렇게 헤어진 두 사람이 각자 외따로 남은 아르헨티나에서
펼치는 사랑 이야기가 바로 왕가위의 영화
'해피투게더(원제: 춘광사설)'입니다.
영화의 끝에서 아휘는 보영과 가기로 했던
이과수 폭포에 혼자서 당도하고, 빈방에 갇힌 보영은
아휘의 이불을 끌어안고 눈물 흘리며, 아휘의 슬픔을 녹음해
세상의 끝까지 간 장은 그곳에서 녹음기를 통해
흘러나오는 아휘의 흐느낌 소리를 듣습니다.
함께 있으면 행복해질 수 없는 그들은 끝내
도시 속의 익명으로 사라지고 터틀스의
해피투게더가 흘러나오는 것으로
영화는 막을 내립니다.
하지만 지구 반대편까지 날아가는 사랑과
세상 끝까지 가는 슬픔은 이미
그 자체로 가치 있는 것이 아닐까요.
그리고 우리는 모두 끝까지 갔을 때만
비로소 되돌아올 수 있게 되는 것 아닐까요?

한낱 빛이
어둠의 깊이를
어찌 알겠는가?

\ 프리드리히 니체

Wie sollte das Licht
des Tages wissen, wie
tief die Dunkelheit ist?

\ Friedrich Nietzsche

한낱
빛이
어둠의 깊이를
어찌 알겠느냐?

한낱 빛이 어둠의 깊이를 어찌 알겠는가? ＼ 프리드리히 니체

고뇌의 근원은 연緣.
연을 맺으면
보고 싶어 괴롭고
보고 싶은데
보지 못해 괴롭고
나는 보고 싶은데
너는 아니어서 괴롭고.

＼ 법구경

고뇌의
근원은 연
연을 맺으면
보고싶어괴롭고
보고 싶은데
보지못해괴롭고
나는 보고싶은데
너는 아니어서괴롭고

고뇌의 근원은 연緣. 연을 맺으면 보고 싶어 괴롭고 보고 싶은데 보지 못해 괴롭고 나는 보고 싶은데 너는 아니어서 괴롭고 \ 법구경

나쁜 짓을 하는 것보다
나쁜 일을 겪는 것이 낫고,
가끔 속는 것이 믿지 않는
것보다 행복하다.

\ 사무엘 존슨

It is better to suffer
wrong than to do it,
and happier to be
sometimes cheated
than not to trust.

\ Samuel Johnson

나쁜짓을
하는것보다
나쁜일을
겪는것이 낫고
가끔 속는것이
믿지않는것보다
행복하 다

나쁜 짓을 하는 것보다 나쁜 일을 겪는 것이 낫고, 가끔 속는 것이 믿지 않는 것보다 행복하다 ＼ 사무엘 존슨

우리는 나이가 들면서
변한 것이 아니라 보다
자기다워진 것이었다.

＼ 린 홀

We did not change as
we grew older; we just
became more clearly
ourselves.

＼ Lynn Hall

우리는
나이가 들면서
변한것이 아니라
보다 자기다워진
것이었다

우리는 나이가 들면서 변한 것이 아니라 보다 자기다워진 것이었다 \ 린 홀

달이 조류에 영향을
미치듯, 언어는 겉으로
드러나지 않는 힘을
발휘한다.

＼ 리타 메이 브라운

Language exerts
hidden power, like a
moon on the tides.

＼ Rita Mae Brown

달이
조류에 영향을 미치듯
언어는 겉으로
드러나지않는
힘을 발휘한다

달이 조류에 영향을 미치듯, 언어는 겉으로 드러나지 않는 힘을 발휘한다 \ 리타 메이 브라운

절대 후회하지 마라.
좋은 일이라면
그것은 멋진 것이다.
나쁜 일이라면
그것은 경험이 된다.

＼ 빅토리아 홀트

Never regret. If it's
good, it's wonderful.
If it's bad, it's
experience.

＼ Victoria Holt

절대
후회하지마라
좋은일이라면
그것은 멋진것이다
나쁜일이라면
그것은 경험이 된다

절대 후회하지 마라. 좋은 일이라면 그것은 멋진 것이다. 나쁜 일이라면 그것은 경험이 된다 \ 빅토리아 홀트

연은 순풍이 아니라
역풍에 가장 높이 난다.

\ 윈스턴 처칠

Kites rise highest
against the wind
- not with it.

\ Sir Winston Churchill

연은
순풍이 아니라
역풍에 가장
높이 난다

만약 어떤 것에 대해
자신을 용서하지 않는다면,
어떻게 남을
용서할 수 있는가?

＼ 돌로레스 우에르따

If you haven't forgiven
yourself something,
how can you forgive
others?

＼ Dolores Huerta

만약
어떤것에 대해
자신을 용서하지
않는다면
어떻게 남을
용서할수 있는가?

만약 어떤 것에 대해 자신을 용서하지 않는다면, 어떻게 남을 용서할 수 있는가? \ 돌로레스 우에르따

당신을 만나는
모든 사람이 당신과
헤어질 때는
더 나아지고 더 행복해질
수 있도록 하라.

\ 마더 테레사

Let no one ever come
to you without leaving
better and happier.

\ Mother Teresa

당신이
만나는 모든 사람이
당신과
헤어질때는
더 나아지고
더 행복해질수
있도록 하라

당신을 만나는 모든 사람이 당신과 헤어질 때는 더 나아지고 더 행복해질 수 있도록 하라 \ 마더 테레사

인생의 비극이란
사람들이 사는 동안
가슴과 영혼에서
숨을 거둔 것들이다.

\ 알버트 아인슈타인

The tragedy of life is
what dies in the hearts
and souls of people
while they live.

\ Albert Einstein

인생의
비극이란
사람들이 사는동안
가슴과 영혼에서
숨을 거둔 것들이다

인생의 비극이란 사람들이 사는 동안 가슴과 영혼에서 숨을 거둔 것들이다 \ 알버트 아인슈타인

한때 자신을 미소 짓게
만들었던 것에 대해
절대 후회하지 마라.

\ 엠버 데커스

Never regret
something that once
made you smile.

\ Amber Deckers

한드대
자신을
미소짓게
만들었던것에대해
절대 후회
하지마라

한때 자신을 미소 짓게 만들었던 것에 대해 절대 후회하지 마라 \ 엠버 데커스

힘보다는
인내심으로 더 많은
일을 이룰 수 있다.

\ 에드먼드 버크

Our patience will
achieve more than
our force.

\ Edmund Burke

힘보다는
인내심으로
더많은 일을
이룰수 있다

힘보다는 인내심으로 더 많은 일을 이룰 수 있다 ＼ 에드먼드 버크

세상은 고난으로
가득하지만,
고난의 극복으로도
가득하다.

\ 헬렌 켈러

Although the world is
full of suffering, it is full
also of the overcoming
of it.

\ Helen Keller

세상은
고난으로
가득하지만
고난의
극복으로도
가득하다

세상은 고난으로 가득하지만, 고난의 극복으로도 가득하다 \ 헬렌 켈러

나이가 들수록
해보지 않았던 것에
대해서만 후회한다는
것을 발견하게 될 것이다.

＼ 재커리 스코트

As you grow older,
you'll find the only
things you regret
are the things you
didn't do.

＼ Zachary Scott

나이가
들수록
해보지
안았던것에
대해서만
후회한다는 것을
발견하게
도릴것이다

나이가 들수록 해보지 않았던 것에 대해서만 후회한다는 것을 발견하게 될 것이다 \ 재커리 스코트

과거에서 교훈을
얻을 수는 있어도
과거 속에 살 수는 없다.

＼ 린든 B. 존슨

We can draw lessons
from the past, but we
cannot live in it.

＼ Lyndon B. Johnson

과거에서
교훈을
얻을 수는 있어도
과거 속에
살수는 없다

과거에서 교훈을 얻을 수는 있어도 과거 속에 살 수는 없다 ＼ 린든 B. 존슨

네가 눈이 멀어
나의 아름다움을
볼 수 없다고 해서
그것이 존재하지
않는다는 것은 아니다.

＼ 마가릿 조

Just because you are
blind, and unable to
see my beauty doesn't
mean it does not exist.

＼ Margaret Cho

네가
눈이멀어
나의
아름다움을
볼수없다고 해서
그것이 존재하지
않는다는 것은 아니다

네가 눈이 멀어 나의 아름다움을 볼 수 없다고 해서 그것이 존재하지 않는다는 것은 아니다 　＼　마가릿 조

자신이 공들이고 견뎌낸
모든 것을 기억하는
사람에게는 슬픔조차도
오랜 시간이 지나면
기쁨이 된다.

\ 호메로스

Even his griefs are a
joy long after to one
that remembers all
that he wrought and
endured.

\ Homer

자신이
공들이고 견뎌낸
모든것을 기억하는
사람에게는
슬픔조차도
오랜시간이
지나면
기쁨이 된다

자신이 공들이고 견뎌낸 모든 것을 기억하는 사람에게는 슬픔조차도 오랜 시간이 지나면 기쁨이 된다 ＼ 호메로스

나는 보기 위해
눈을 감는다.

\ 폴 고갱

I shut my eyes in
order to see.

\ Paul Gauguin

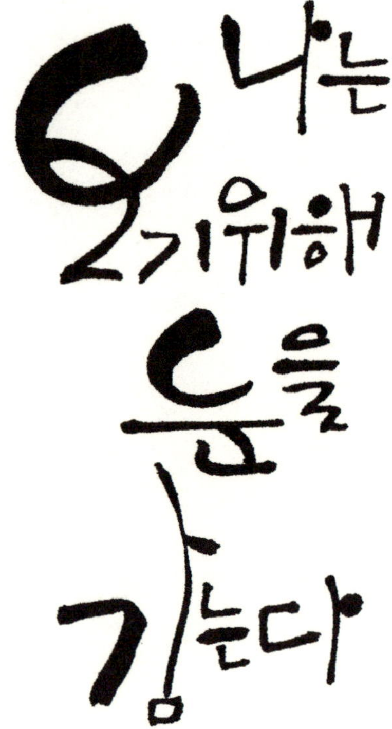

나는 보기 위해 눈을 감는다 \ 폴 고갱

삶이 있는 한 희망은 있다.

╲ 키케로

While there's life,
there's hope.

╲ Cicero

삶이 있는 한 희망은 있다 \ 키케로

용기와 인격을
갖춘 이들은 항상
다른 사람들에게
악의적으로 비춰진다.

＼ 헤르만 헤세

People with courage
and character alway
seem sinister to the
rest.

＼ Hermann Hesse

용기와 인격을
갖춘 이들은 항상
다른 사람들에게
악의적으로
비춰진다

용기와 인격을 갖춘 이들은 항상 다른 사람들에게 악의적으로 비춰진다 ＼ 헤르만 헤세

재능은 고독 속에서
가장 크게 발전시킬 수 있지만,
인격은 세상의 험난한
풍파 속에서 가장 잘 형성된다.

＼ 요한 볼프강 폰 괴테

Talents are best nurtured
in solitude; but character
is best formed in the stormy
billows of the world.

＼ Johann Wolfgang von Goethe

재능은 고독 속에서
가장 크게
발전시킬수 있지만
인격은 세상의
험난한 풍파 속에서
가장 잘 형성된다

재능은 고독 속에서 가장 크게 발전시킬 수 있지만, 인격은 세상의 험난한 풍파 속에서 가장 잘 형성된다
요한 볼프강 폰 괴테

네 모습 그대로
미움 받는 것이 너 아닌
다른 모습으로
사랑 받는 것보다 낫다.

　＼ 앙드레 지드

It is better to be hated
for what you are than
to be loved for what
you are not.

　＼ Andre Gide

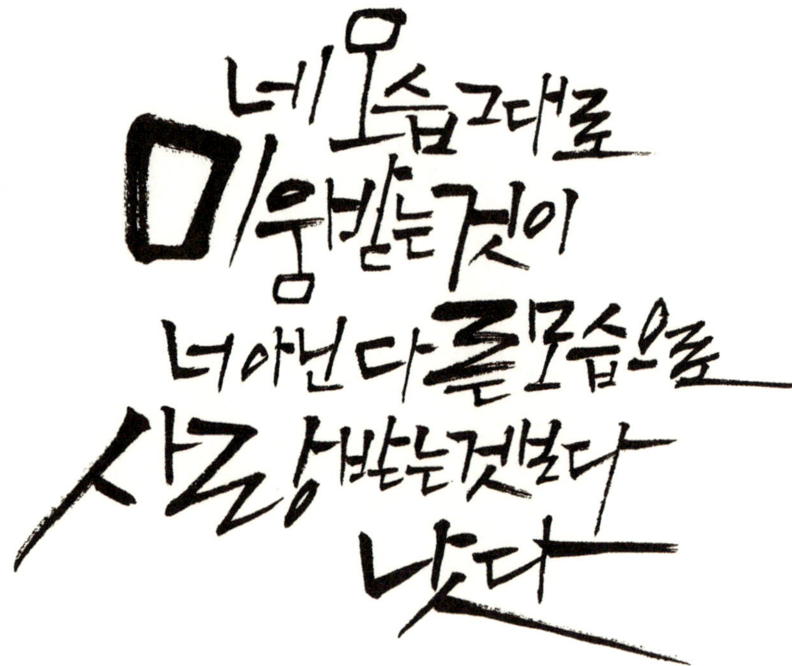

네 모습 그대로 미움 받는 것이 너 아닌 다른 모습으로 사랑 받는 것보다 낫다 ＼ 앙드레 지드

성숙해지는 것은
다가오는 모든 생생한
위기를 피하지 않고
마주하는 것을 의미한다.

\ 프리츠 쿤켈

To be mature means
to face, and not evade,
every fresh crisis that
comes.

\ Fritz Kunkel

성숙해지는 것은
다가오는
모든 생생한
위기를 피하지 않고
마주하는것을
의미한다

성숙해지는 것은 다가오는 모든 생생한 위기를 피하지 않고 마주하는 것을 의미한다 ＼ 프리츠 쿤켈

멀리 있는 친구만큼
세상을 넓어 보이게
하는 것은 없다.
그들은 위도와
경도가 된다.

＼ 헨리 데이비드 소로

Nothing makes
the earth seem
so spacious as to
have friends at a
distance; they make
the latitudes and
longitudes.

＼ Henry David Thoreau

멀리있는
친구만큼
세상을 넓어보이게
하는것은 없다
그들은 위도와
경도가 된다

멀리 있는 친구만큼 세상을 넓어 보이게 하는 것은 없다. 그들은 위도와 경도가 된다 ＼ 헨리 데이비드 소로

마음
채움

마음
채움

느낌별로 움직이는 생활 손글씨

허수연의 라이프 캘리그라피

일상 속에서 위로가 되는 손글씨. 캘리그라퍼 허수연이 말하는 라이프 캘리그라피. 가장 많이 쓰이는 글씨체를 느낌별로 정리하고 13가지 재미있는 에피소드를 통해 생활 속에서 바로 적용 가능한 캘리레시피를 소개합니다. 여러분의 손끝에서 태어나는 손글씨의 움직임을 느껴보세요.

세계를 향한 꿈·나눔·희망바이러스!!

18세 고딩 네팔을 만나다

18세의 청소년이 쓴 색다른 해외 여행기. 샹들리제로 아름다운 파리의 거리도 아니고, 최첨단 유행이 넘쳐나는 뉴욕의 맨해튼 거리도 아니다. 우리네 농촌을 보는 듯한 한적함, 폴라로이드 한 장의 사진으로 큰 기쁨을 얻을 수 있는 소박한 사람들이 사는 나라, 네팔이다.

고등학생인 저자는 책에서 끊임없이 세계의 기아와 환경, 그리고 희망에 대해 이야기한다. 자신이 겪은 일상과 네팔의 이야기를 전하는 이 책에서 독자들은 저자의 날카로운 시각에서 전해져 오는 희망의 메시지를 읽을 수 있을 것이다.

마음 채움, 나를 적다 ── 명언

1판 1쇄 인쇄   2015년 9월 05일
1판 1쇄 발행   2015년 9월 10일

지 은 이   편집부 엮음
발 행 인   이미옥
발 행 처   J&jj
정   가   12,000원
등 록 일   2014년 5월 2일
동록번호   220-90-18139
주   소   (04987) 서울 광진구 능동로 32길 159
전화번호   (02) 447-3157~8
팩스번호   (02) 447-3159

ISBN   979-11-955295-6-8 (13800)
J-15-07

판 권
소 유